立秋すぎて

投歌選集

三角　清造

春風社

はじめに

二〇〇〇年（平成十二年）六月から二〇二三年（令和五年）五月までの二十三年間、新聞歌壇に投稿し入選した歌はおよそ四百五十首ある。そこから主な歌を掲載された年代ごとに集め月日順に並べて一冊の本にまとめた。年齢では四十四歳から六十七歳の歌になった。河北歌壇三百十二首、朝日宮城版歌壇十四首、朝日歌壇三十一首、読売歌壇六十六首、合計四百二十三首になった。

一九九一年（平成三年）の夏、短歌作りに興味を持ち、仙台高校開放講座「短歌実作講座」を受講した。講座は河北歌壇選者の佐藤通雅先生が中心になって進めた。講座に出席すると手作りのプリントが資料で配られ、希望者は『現代の短歌』講談社学術文庫を買うことができた。参加記念にわたしはそれを買った。しかし、受講後、短歌を積極的に作りはじめることはなかった。

一九九九年（平成十一年）七月、近所の市民センターの主催行事「短歌入門講座」を妻が受講した。数回の講座で、前もって短歌を作って講師の先生に送り、講座で講評を受けるというスタイルだった。妻のその行動に羨ましさを覚え、作り方はよく分からなかったけれども自分も作りはじめた。作った短歌を、さて誰に見てもらえるかと考えたとき、新聞歌壇に投稿することを思いつき、入選すればそれは短歌になっていると思うことにした。

こうして二〇〇〇年（平成十二年）六月、必ず毎週投稿するという決まりを自分に課し、新聞歌壇への投稿を始めた。

思いつきの短歌作りだったが、二〇〇七年（平成十九年）六月から仙台文学館で小池光館長（今は退任されている）による短歌講座

戯作者の命脈
坂口安吾の文学精神

大原祐治 著

無数／無名の「ラムネ氏」達が「自らの生を尊びバトンを渡」す反復に歴史の実相を見る戯作者の魂。安吾もまた一人の「ラムネ氏」だ。▼四六判上製・三九二頁・四〇〇〇円

1960s 失踪するアメリカ
坂口安吾の文学精神

大場健司 著

「失踪」を鍵語に、作品群から一九六〇年代の時代相を浮かび上がらせる。「失踪」とは、かけがえのない個人になるためのプロセスだ。▼四六判上製・四三二頁・四五〇〇円

ダグラス

ジョン・ヒューム 著／三原穂 訳

シェイクスピアからの影響を受けた、ゴシック演劇の先駆『ダグラス』（悲劇、初演一七五六年）が新訳でよみがえる。▼四六判上製・一六二頁・二四〇〇円

句集　暾《とん》

三浦衛 著

故郷秋田の光と山河から生活の諸事万端までの春夏秋冬を詠む。佐々木幹郎氏による序詩「二人の男」を併収。▼A5変型判上製函入・二一〇頁・二五〇〇円

予測と創発
理知と感情の人文学
中村靖子 編

ドイツ文学、フランス文学、心理学、インド哲学、応用数学、感情史、美術史等の諸分野を横断し「予測と創発」をめぐり思考する十一の刺激的論考。▼四六判上製・五〇六頁・四五〇〇円

ロマン主義的感性論の展開
ノヴァーリスとその時代、そしてその先へ
高橋優 著

ノヴァーリスを中心とするドイツ・ロマン主義の作家の活動を「感性の復権」と位置づけ、現代におけるロマン主義的感性論を再評価。▼四六判上製・三二六頁・三六〇〇円

終わりの風景
英語圏文学における終末表象
辻和彦・平塚博子・岸野英美 編

文学作品において描かれる環境問題、自然災害、社会変動などの終末表象に着目し、「終わり」を新たな可能性として捉え、読み解く。▼A5判並製・二四〇頁・三二〇〇円

果樹園の守り手
コーマック・マッカーシー 著／山口和彦 訳

デビュー作の初訳。一九三〇年代のテネシー州アパラチア山脈南部を舞台とした、交差する三人の物語。▼四六判並製・三二六頁・二五〇〇円

人形とイギリス文学
ブロンテからロレンスまで

川崎明子 著

19世紀から20世紀のイギリス小説における人形を分析。人間と非人間、生物と非生物の関係を吟味し、人間を人間として扱うことの意味を問う。▼四六判上製・二七〇頁・三四〇〇円

『狐物語』とその後継模倣作における
パロディーと風刺

高名康文 著

12世紀から13世紀の北フランスで成立した、狡猾な狐「ルナール」の物語群とその後継作を、同時代のパロディーと風刺から読み解く。▼A5判上製・四一八頁・四五〇〇円

〈怒り〉の文学化《テクスト》
近現代日本文学から〈沖縄〉を考える

栗山雄佑 著

一九九五年九月四日、沖縄県民にとって衝撃の事件が発生。〈怒り〉を暴力として放出するのではなく、文学で昇華することはできるのか。▼四六判上製・四四六頁・四二〇〇円

賢治の前を歩んだ妹　宮沢トシの勇進

山根知子 著

宮沢トシ自身の言葉による新資料を読み解くことによりトシの実像に迫り、賢治のまなざし、兄妹の精神のエコーを聴きとる。▼四六判上製・五〇〇頁・四五〇〇円

春風社

〒220-0044　横浜市西区紅葉ヶ丘 53　横浜市教育会館 3F
TEL (045)261-3168 ／ FAX (045)261-3169
E-MAIL：info@shumpu.com　Web：http://shumpu.com

この目録は 2023年6月作成のものです。これ以降、変更の場合がありますのでご諒承ください（価格は税別です）。

が開かれ受講を始めた。この講座は今も続いており受講している。

投稿した歌に、選者が少し手直しをして、入選歌として掲載してくれることがある。その時は、本来歌はそのようにして作るのかと教えられる。そういうこともあって、本書に収めるにあたっては、原則、掲載紙どおりの表記とした。

よって、仮名遣いにおいて、旧仮名遣いや新仮名遣いが交ざっていたり、送り仮名の表記も多少異なったりしているものもある。

また、ルビについて、元歌はすべてルビを付けず投稿しているが、同じ漢字にルビが付いていたり、いなかったりするのも同様の理由である。例えば、次の歌のような場合もある。

吾亦紅の花すこしずつ色づきて近づく秋の空の明るさ

選者の歌は右のようであったが、その選評では、吾亦紅のわきに（われもこう）とルビを振っていたので、本書に収めるにあたりルビを振ることにした。このような歌は他にも二首ある。次の歌になる。

少しずつ秋の空気は冷ゆるかな光る樟《くす》の木みては思えり

夕やけの向こうにきっといそうだな洟《はな》をたらした独りの子ども

さらに、この「夕やけの向こうにきっと…」の歌は掲載紙では次のようになっていた。

夕やけの向こうきっといそうだな洟をたらした独りの子ども

見ればわかるように、「向こうに」の「に」が無い状態で載っていた。一方で、その選評には「夕やけの向こうにいそうなものが予想外でユニーク。…」と「に」を付けて書かれてあったので、本書には、「夕やけの向こうに…」として載せた。

目次

二〇〇〇年（平成十二年）

炎天下児とジョギングの日曜日街路樹の陰頼りに走る

河北歌壇　佐藤通雅選

小樽をば訪ひしるしに千円のガラスの光る
醤油差し買う

朝日宮城版歌壇　島田幸造選

「むかつく」を連呼しながら歩いてるランド
セル背負った下校の子ども

河北歌壇　佐藤通雅選

掘り出して土の香のする自然薯《じねんじょ》を十月の新聞にくまなく包む

朝日宮城版歌壇　島田幸造選

ただひとり職場に残りパソコンのキーを打ちつつ煎餅を食う

河北歌壇　扇畑忠雄選

雨音の微かに響く夜半の部屋孤独を砕き熱き茶を飲む

河北歌壇　佐藤通雅選

雨降れば黄色い傘の花開く一年生の昇降口に

朝日宮城版歌壇　島田幸造選

夜になりてファンヒーターの音ひびく吾のみ
残る職場の中に

河北歌壇　扇畑忠雄選

二〇〇一年（平成十三年）

ケータイで喋り始める人の居る空間だけが遊離してゆく

河北歌壇　佐藤通雅選

カーテンに窓枠の影映りたるテスト時間の午後の教室

朝日宮城版歌壇　島田幸造選

陽の暮れて寒さ極まり割れそうにつまらなそうな三日月光る

河北歌壇　佐藤通雅選

止まらずに弾けたよと児は目を配り家族の中の座席に戻る

朝日宮城版歌壇　島田幸造選

力無き曇りの冬の太陽は白き輪郭地上に向ける

河北歌壇　佐藤通雅選

のんびりと休める岸にカヌーとめ焚火を起こし珈琲を飲む

朝日歌壇　佐佐木幸綱選

スーパーで砂吐く管を伸ばしいるパックの中に生きる蛤

朝日宮城版歌壇　島田幸造選

枝透《す》きてあらわに見ゆる高層のビルは春めく日ざし受けおり

河北歌壇　扇畑忠雄選

雪解けの水の溢るる北上に孤独を乗せてカヌー漕ぎゆく

朝日歌壇　佐佐木幸綱選

日を受けてふっくらとした布団入れ部屋の空
気が柔らかくなる

河北歌壇　佐藤通雅選

どこまでも果てを知らない空だからいくら文
句を言ってもいいかな

河北歌壇　扇畑忠雄選

新学期の四月日暮れのやわらかなシュークリームのような木蓮

河北歌壇　佐藤通雅選

初夏の日は寝そべるカバに降り注ぎ動かぬような時間を作る

河北歌壇　佐藤通雅選

新しき飼育係の児等のやる餌を兎が頭寄せ食む

朝日歌壇　佐佐木幸綱選

高き陽は夏の光か存分にプールの水を馴染ませている

朝日宮城版歌壇　島田幸造選

小雨降る日暮れの気持ち振り払うようにワイパー雫をはじく

河北歌壇　佐藤通雅選

水無月の夕陽ゆっくり傾きて浮き立つようなどくだみの花

河北歌壇　扇畑忠雄選

地下鉄の自動改札通る時気になるような刹那が動く

河北歌壇　佐藤通雅選

黄の傘に雨水ためて遊んでる長靴履いた一年坊主

朝日宮城版歌壇　島田幸造選

カヌー漕ぎ朝露光る草原のテントサイトを
ゆっくりと立つ

朝日歌壇　佐佐木幸綱選

信号は夜半点滅し無機質のような交差点に変
化してゆく

朝日宮城版歌壇　島田幸造選

青空とそよぐ欅に晩夏光クレーのような色調
放つ

河北歌壇　佐藤通雅選

思い切り枝を下ろせば茱萸の木は清しき空の
光りを通す

朝日歌壇　佐佐木幸綱選

言葉無く去り行く夏はどこまでもあっけらかんと巨きなやつさ

河北歌壇　佐藤通雅選

ゆっくりと朝の霧は流れきて夏の記憶のような紫陽花

朝日宮城版歌壇　島田幸造選

晩夏夜半十字路光る信号機抑揚持たず深くまたたく

河北歌壇　佐藤通雅選

川面行くカヌーの吾は厳かな仁王の如き橋脚拝む

朝日歌壇　佐佐木幸綱選

高層のビル一面に映りたる表情の無き灰色の空

朝日宮城版歌壇　島田幸造選

容赦なく秋の入り日は輝きて遮る雲を紅く染め抜く

河北歌壇　佐藤通雅選

快晴の蒼は極まりどこまでも嘘を見せない本当の空

朝日宮城版歌壇　島田幸造選

しなやかな反動かりて棒高の選手はバーと自分を越える

河北歌壇　佐藤通雅選

風止みて枝目立ちたる街路樹の向こうに冬の透《す》き通る空

河北歌壇　扇畑忠雄選

青空の向こうに雪の蔵王見て高台をロードレーサーで走る

朝日歌壇　佐佐木幸綱選

二〇〇二年（平成十四年）

澄む空に冬の太陽おさまりて月つつましく白く残りぬ

河北歌壇　佐藤通雅選

カーテンを引きて西日を遮れば暮れゆく年の光り漏れ来る

河北歌壇　扇畑忠雄選

アフガンのメリーゴーランドに乗る子等が遊ぶ明るさ新聞写真

朝日宮城版歌壇　島田幸造選

透明な冬の光が澄みおりて思索のごとき虚空の梢

河北歌壇　佐藤通雅選

調律を終えしピアノはそのままの姿勢でどこかしゃんとしている

河北歌壇　佐藤通雅選

古書店の地下の書棚に廉価なる五味保義の歌集もとめぬ

河北歌壇　扇畑忠雄選

踏み切りはオレンジ色に照らされて小雨に光る貨物過ぎ行く

河北歌壇　扇畑忠雄選・佐藤通雅選

しけ寒き夜の雨音を聞きおれば時がゆっくり
私を包む

河北歌壇　扇畑忠雄選

雨降りて遠くの街に来たような新緑深き街路
樹の道

河北歌壇　佐藤通雅選

肌寒き雨上がり後の水溜り表情の無き梅雨空映る

朝日宮城版歌壇　島田幸造選

夕暮れの空に輝く星がありいつだって落ち着いている

河北歌壇　佐藤通雅選

行く雲は青空高くゆっくりと何でも話聞いてくれそう

河北歌壇　佐藤通雅選

蒸し暑き午後かき氷食いおれば庭をゆっくり猫が過ぎ行く

河北歌壇　扇畑忠雄選

水量の多き北上川を漕ぐ吾のカヌーは夏に乾杯

朝日歌壇　佐佐木幸綱選

黒髪がばさっと乱れ眸《め》が光る時空を超える特設テント

河北歌壇　佐藤通雅選

入れたての熱きコーヒー飲む秋の午後の時間
はのんびり進む

河北歌壇　扇畑忠雄選

二〇〇三年（平成十五年）

夜半の道疲れたような細き月フロントグラスの隅に映りぬ

河北歌壇　佐藤通雅選

ブラインドの隙間より日の差し込みて光が伸びる我のノートに

河北歌壇　扇畑忠雄選

自転車を土手の斜面に横たえて春日に光るふきのとう摘む

河北歌壇　扇畑忠雄選

うまくいかない事ばかりだよと言い友は笑顔で去って行くなり

河北歌壇　佐藤通雅選

繁華街の脇道には月がいて自分に向いて黙って光る

河北歌壇　佐藤通雅選

梅雨寒くつまらなそうな街路樹が何となく夕暮れを待っている

河北歌壇　扇畑忠雄選

また少しカヌーを濡らす霧雨に包まれ朝の珈琲を飲む

朝日歌壇　近藤芳美選

木漏れ日に光る公園横切りて魔法のように蟻消えてゆく

河北歌壇　佐藤通雅選

どんよりと変化の見せぬ夕暮れの空はそれでも秋になりゆく

河北歌壇　佐藤通雅選

灰色の雲が広がり滞る吾と同じに模索する空

河北歌壇　佐藤通雅選

安心を夜空にそっと置くような青き無言の上弦の月

河北歌壇　佐藤通雅選

素朴なる絵画のような秋雨の休日の朝珈琲を飲む

河北歌壇　佐藤通雅選

プラタナスの黄金に光る舗道をば素直になりて吾行きにけり

河北歌壇　佐藤通雅選

二〇〇四年（平成十六年）

端正な真白き月が昇りきて素直になりて吾は見ている

朝日歌壇　島田修二選

街角の区画整理の空地にて異次元となる水道の蛇口

河北歌壇　花山多佳子選

文句は何も無いだろうと言いたげにすっきりと初夏の夕空の雲

河北歌壇　佐藤通雅選

久し振りに出会った感じの月を見て仕事を済ませて焦らず帰る

河北歌壇　佐藤通雅選

気負い無く夏の夕空見上げればちょっと力んだ月が出ている

河北歌壇　佐藤通雅選

看板は昔のままの名がありて香りの深き珈琲を飲む

河北歌壇　佐藤通雅選

そうだよと語りたくなる夕焼けが自由のままに広がっている

河北歌壇　佐藤通雅選

二〇〇五年（平成十七年）

ゆったりと動く雲あり冬空に明晰となる考えがある

河北歌壇　花山多佳子選

雪晴れの空の梢のてっぺんの小鳥は青く輝いており

河北歌壇　花山多佳子選

如月の空気がとまっているような硝子扉の日溜りの中

河北歌壇　佐藤通雅選

車椅子が通りますとゆっくりと硝子扉が大きく開く

朝日歌壇　永田和宏選

わが庭の暑さ動かぬ真夏日の葉陰の紅きすぐり輝く

河北歌壇　佐藤通雅選

夏空は雲なく青く輝けりシュノーケルくわえ
水中ながめる

河北歌壇　花山多佳子選

夕焼けの広がる中に星ありて空はいつでも落
ち着いていている

河北歌壇　佐藤通雅選

秋空はスカッと晴れて高層のビル幾何学の光を放つ

河北歌壇　佐藤通雅選

どこからか稲藁《いなわら》の焼く匂いしてカヌーの吾は北上を行く

朝日歌壇　佐佐木幸綱選

秋晴れのどこにも行かない休日に泥を落として登山靴乾す

河北歌壇　花山多佳子選

だんだんと夕暮れの雲光失せ無いかのように空に落ち着く

河北歌壇　花山多佳子選

暮色《くれいろ》となりし灯の点る街角に立原道造が立っていそう

河北歌壇　佐藤通雅選

昏れ方の辺りは風がおさまりて冷え冷えとして雪虫が飛ぶ

河北歌壇　花山多佳子選

二〇〇六年（平成十八年）

昏れ方の洋菓子店に入りたれば優しい色の
ケーキが並ぶ

河北歌壇　佐藤通雅選

冬晴れの通勤の朝の太陽はいつもの橋の馴染みたる位置

河北歌壇　佐藤通雅選

雪晴れの小道に向いて輝けるこぼれ落ちそうな南天の実

河北歌壇　花山多佳子選

肌寒く春らしくない日曜の虚ろな午後がただ
過ぎてゆく

河北歌壇　花山多佳子選

青空が雲の隙間に見えているやるじゃないか
と空に言ってみる

河北歌壇　佐藤通雅選

街角の指定の場所に大切な児らの短冊竹に飾りぬ

河北歌壇　花山多佳子選

のびのびと秋空雲を並ばせてまあ普通にやろうと言っている

河北歌壇　佐藤通雅選

文庫本のごとくケータイのぞきたる人多くいる日暮れの電車

河北歌壇　花山多佳子選

昏れ方の透き通りたる冬空にやっぱり正しいような三日月

河北歌壇　佐藤通雅選

二〇〇七年（平成十九年）

小雨降る街路逃れて地下鉄の今ほっとする位置に入りぬ

河北歌壇　佐藤通雅選

冷え込みて暗き日暮れの日曜の空気まぐれに
小雨を降らす

河北歌壇　花山多佳子選

どんよりと灰色の雲広がりて分かってほしい
ように雪が降る

河北歌壇　佐藤通雅選

無造作にライトに浮かぶ気まぐれの雪をワイパーしっかり払う

河北歌壇　佐藤通雅選

早春の昏れゆく空にほっそりと栞のような月が浮かびぬ

河北歌壇　花山多佳子選

日の暮れの直線道路を吸い込みて丘に広がる
夕映えの空

河北歌壇　佐藤通雅選

何も聞いてくれそうもない突風の吹きたる春
の白い太陽

河北歌壇　佐藤通雅選

ゆっくりと昏れゆく空に伸びてゆく飛行機雲
が金に輝く

河北歌壇　花山多佳子選

久し振りだな小学校はと言いて子は初めての
選挙に行きぬ

河北歌壇　佐藤通雅選・花山多佳子選

北上の中州にカヌー寄せ休む春日溜りの流木の脇

朝日歌壇　高野公彦選・佐佐木幸綱選

ゆったりと流るる夏の北上の光馴染みて漕ぎゆくカヌー

朝日歌壇　佐佐木幸綱選

曇天の空気は重く湿っぽく火曜の朝を無言にさせる

河北歌壇　佐藤通雅選

微かなる風に揺れてる樹のもとに高き日差しの影が光りぬ

河北歌壇　花山多佳子選

わがカヌーひぐらしの鳴く岸にとめテントサイトを草地につくる

朝日歌壇　高野公彦選

コスモスのゆっくり揺るる夕暮れの光りはどこか遠くの記憶

河北歌壇　佐藤通雅選

真夏日に陽炎立ちてアスファルト道の向こうに立ちそうな吾

河北歌壇　花山多佳子選

波を打ち太き芋虫進みゆく吾が影を出て秋日のなかへ

河北歌壇　花山多佳子選

病む母の電話の声は小さくて寝ればなおると
言いて切りたり

河北歌壇　花山多佳子選

真夜中にぽつんと月が浮かんでるやっぱりつ
まらなそうじゃないか

河北歌壇　佐藤通雅選

二〇〇八年（平成二十年）

夕闇のなかに人影多くありサイレン鳴らす車近づく

河北歌壇　佐藤通雅選

ゆったりとのぼってきたる冬の月電飾の無い
並木の上に

河北歌壇　花山多佳子選

新雪のなかの木立は日を受けてやわらかな影
斜面に伸ばす

河北歌壇　佐藤通雅選

宵の雪ヘッドライトに照らされて還ることなく消えてゆきたり

河北歌壇　佐藤通雅選

呼ばれたる控え選手はスパイクのひも締めなおしベンチを立てり

河北歌壇　佐藤通雅選

しけ寒き休日のあさ七時半つまらなそうに霧雨が降る

河北歌壇　佐藤通雅選

給水を取りそこねたるランナーは表情を締め走りゆきたり

河北歌壇　花山多佳子選

灰色のくもり空から力まずにただ真っ直ぐに
落ちる雨粒

河北歌壇　佐藤通雅選

コンサートホールの拍手おさまれば休憩時間
15の表示

河北歌壇　佐藤通雅選

昏れ方のわたくしになりわたくしにふれるが
ごとくヒグラシが啼く

河北歌壇　花山多佳子選

灰色の空にぼんやり夏の陽はかたちをもたず
浮びていたり

河北歌壇　佐藤通雅選

夕立のあとにかすかな風ながれひとつの蟬が
鳴きはじめたり

河北歌壇　花山多佳子選

均衡がいっきにくずれ灰色の空より落ちる大
粒の雨

河北歌壇　佐藤通雅選

手づくりの陶器の皿の端っこに指のくぼみが
かすかにのこる

河北歌壇　花山多佳子・佐藤通雅選

ゆるやかに流るる秋の北上に孤独を友にカヌ
ー漕ぎゆく

朝日歌壇　佐佐木幸綱選

うっすらと午前の空に月ありてなんだかやっぱりつまらなそうだ

朝日歌壇　永田和宏選

この夕べ風はおさまり吾がまえを雪虫ひとつ過ぎてゆきたり

朝日歌壇　永田和宏選

透きとおる秋やわらかな日のありてこころは
そっと空にまじりぬ

河北歌壇　佐藤通雅選

曇りたる午後の空からほっとした感じの雨が
降りはじめたり

河北歌壇　佐藤通雅選

二〇〇九年（平成二十一年）

きっと君は来ないという感じかな街角にともるイルミネーション

河北歌壇　佐藤通雅選

宵の空はっきり光る星ありてそうかわかった
と吾は見ている

河北歌壇　佐藤通雅選

なんとなく疲れた感じの風になりそうっとお
さまり夕べになりぬ

河北歌壇　佐藤通雅選

加湿器のゆげがそうっとあがってるテスト時間の午後の教室

朝日歌壇　永田和宏選

たそがれの曇りの空が広がりて何ごともなく暗くなりゆく

河北歌壇　花山多佳子選

ぼんやりと空がいちめんかすむからすこしは
文句をいいたいきもち

河北歌壇　花山多佳子選

ケータイにわれのことばをききながら近づい
てくる飲み会のとも

読売歌壇　小池光選

ねころびて流るる雲をみておればまわる地球の一点のわれ

読売歌壇　小池光選

うす雲のなかにおさまり浮かびたる夏のはじめのまるい太陽

河北歌壇　花山多佳子選

わが父はいないけどいる5号室にあわなかったわれがたちおり

読売歌壇　小池光選

ひさびさにみる夕焼けがほっとしていれる紅茶のように思えり

河北歌壇　花山多佳子選

青ふかく夕べの空はひろがってわたしがわかるようなきもする

河北歌壇　佐藤通雅選

雲のなき秋空に日はかがやきてわたしは自分にこころをむける

河北歌壇　佐藤通雅選

ゆったりと雲は浮かびてわがカヌー流るる秋の北上《きたかみ》をゆく

朝日歌壇　佐佐木幸綱選

ずるいよと後ろより声が聞こえて階段かけておりゆく子ども

河北歌壇　花山多佳子選

はだ寒き雨の夕べとなりおりてわたしを見ている心となりぬ

河北歌壇　佐藤通雅選

雨の降る午後もいいなと思いつつすこし多めにコーヒーいれる

河北歌壇　花山多佳子選

二〇一〇年（平成二十二年）

この冬のタイヤに替える日曜日どんよりとした雲がひろがる

河北歌壇　花山多佳子選

昏れ方の二月の空の細き月知らなかったよそこにいたのか

河北歌壇　佐藤通雅選

春夕べ陽はすこしだけゆっくりとわかったように沈みゆきたり

河北歌壇　佐藤通雅選

吊り下がる蛍光灯のひもありて夜半実直にさがりていたり

読売歌壇　小池光選

過ぎてゆく時間を加速するごとくしきりに春の雪は降りおり

河北歌壇　花山多佳子選

古書店の地下の書棚に棲むような葛原妙子の
分厚い歌集

河北歌壇　佐藤通雅選

決定をするかのごとく夏空はただ真っ青に広
がっている

河北歌壇　花山多佳子選

地下鉄の近づいてくるかすかなる音はしだい
にわれをつつみぬ

河北歌壇　佐藤通雅選

雨ふりてじゃがいも畑の深緑ただしっとりと
午後が過ぎゆく

河北歌壇　佐藤通雅選

休日はあっという間に過ぎてゆきわれに沁みこむ夜半の雨音

河北歌壇　花山多佳子選

空港のロビーの天窓なみ型の夏の光をフロアーに引く

河北歌壇　佐藤通雅選

空港の売店奥のケースには数珠がならびて売られていたり

河北歌壇　花山多佳子選

夏雲のくものびやかに夕ぐれの澄みたるなかに青き月あり

河北歌壇　花山多佳子選

工事場のブルドーザーは動き止め真夏の日差しもろに受けおり

河北歌壇　佐藤通雅選

蒸し暑く曇りたる午後三本のつまらなそうな胡瓜がさがる

河北歌壇　佐藤通雅選

もの凄く暑さのつづいたこの夏がぶっきらぼうに去りてゆきたり

河北歌壇　花山多佳子選

ねこよけのペットボトルはうすよごれひとつのねこが過ぎてゆきたり

河北歌壇　花山多佳子選・佐藤通雅選

けさもまたそっと呼吸をするような冬のはじめがそばに来ている

河北歌壇　佐藤通雅選

二〇一一年（平成二十三年）

机よりころがりてゆく消しゴムがスリッパの中にもぐり込みたり

河北歌壇　花山多佳子選・佐藤通雅選

雪の降る街を歩けばだれからもそっと離れて
こころが灯る

河北歌壇　花山多佳子選・佐藤通雅選

新しき歯ブラシつかうこの朝のこころはすっ
と真っ直ぐになる

河北歌壇　佐藤通雅選

のっそりと馴染みの山の端っこに昇ってきたる冬の太陽

河北歌壇　花山多佳子選・佐藤通雅選

陽のあたる坂道の雪とけており光りて動く水がありたり

河北歌壇　佐藤通雅選

思うことなにもないかのごとく降る日がのびてきた夕べの雪は

河北歌壇　花山多佳子選

ゆっくりとひとつの猫がすぎてゆく曇る二月の日の暮れの庭

読売歌壇　小池光選

燃料がなくて車が動かないあきらめたまま今日もすぎゆく

朝日歌壇　永田和宏選

夜半の月憎らしいほどかがやきて着れるだけ着て朝を待ちおり

河北歌壇　花山多佳子選

ストーブのうえのやかんは湯気をだしそこだけほっとしている感じ

河北歌壇　佐藤通雅選・花山多佳子選

校庭へ皆避難して待ちおれば余震とともに雪降りはじむ

河北歌壇　花山多佳子選

日曜の春の青空まぶしくて地震の前のわれを思えり

河北歌壇　花山多佳子選

壊れたる体育館に入りたれば埃をかぶるグランドピアノ

朝日歌壇　永田和宏選

時とまるような日ぐれのたんぽぽの白き綿毛
は球形たもつ

河北歌壇　佐藤通雅選

うす雲のなかにみえたる太陽は何かを言って
くれる気がする

河北歌壇　佐藤通雅選

ゆっくりと六月の日は傾きてかわらぬ波の音が残れり

河北歌壇　花山多佳子選

見廻りの校舎の窓を閉めるまえ啼くヒグラシをすこし聞きおり

河北歌壇　佐藤通雅選・花山多佳子選

飛鳥寺の前のちいさな売店に五百円にて瓢簞下がる

読売歌壇　小池光選

うつむいているかのような扇風機雨ふる夜の居間のすみっこに

河北歌壇　花山多佳子選

のんびりとカヌーを漕ぎて川面ゆく吾に近づく東稲山は

朝日歌壇　高野公彦選

稲刈りの済みたる田んぼが広がりてずっと向こうに冬は待ちおり

河北歌壇　花山多佳子選

秋の陽の光りを存分受けたれば翳をもたない
コスモスの群れ

河北歌壇　花山多佳子選

店先に並ぶ電球かがきて地場の自然薯照らす
夕ぐれ

河北歌壇　花山多佳子選

吐く息の白く見えたる暗き朝フロントガラスの霜を掻きおり

河北歌壇　花山多佳子選

三月十一日永眠と記された喪中の葉書われに届きぬ

朝日歌壇　永田和宏選

二〇一二年（平成二十四年）

ごみ出しの袋さげてのあいさつが最後だった
と通夜で思えり

読売歌壇　小池光選

もの言ふがごとくはげしく迫りくるヘッドライトに照らされる雪

河北歌壇　佐藤通雅選

にぎる手をそっとゆるめているようなまだ食べかけのみかんがありぬ

河北歌壇　佐藤通雅選・花山多佳子選

鉛筆のほさきの芯がすこしだけまるまってきて思いはすすむ

河北歌壇　花山多佳子選

半世紀経ちてふたたび大仏のわきの柱の穴をくぐる

読売歌壇　小池光選

作品のまえで子どもがピースして弾むようなるシャッターの音

朝日歌壇　佐佐木幸綱選

加湿器の吹き出しの口とがってて今日はなんだかよこを向いてる

読売歌壇　小池光選

日はさして雪の斜面になめらかに伸びたる木々のかげ光りおり

河北歌壇　花山多佳子選

ブラインドの光は時を落ち着かせ閲覧コーナーつつみておりぬ

河北歌壇　佐藤通雅選

テーブルの定置いつもおちついてだいだい色
のみかんがありぬ

河北歌壇　佐藤通雅選

あの日から壊れたままの体育館しきりに春の
雪は降りをり

朝日歌壇　馬場あき子選

つよき風ふきとどかない陽だまりにおおいぬ
のふぐり青く光れり

河北歌壇　花山多佳子選

陽のまえを軌道にそいて動きゆく夏の朝なる
正直な月

河北歌壇　花山多佳子選

どこまでもはい色だけの空なれどそっとより
ゆく心がありぬ

河北歌壇　佐藤通雅選

九回裏ツーアウト代打の少年が最後となりて
試合がおわる

読売歌壇　小池光選

青いろの小さな椀を描くための習作ならぶワイエス展に

河北歌壇　花山多佳子選

夕立のあとのまぶしきアスファルト道よりふわっとゆげがのぼれり

河北歌壇　花山多佳子選

ゆっくりと自転車の僧がすぎてゆく秋篠寺に
そいたる道に

読売歌壇　小池光選

のっそりとのぼってきたる満月はちかくの雲
を照らしておりぬ

河北歌壇　花山多佳子選

旋盤のわきにちいさな椅子ありて灰皿ひとつおいてありたり

読売歌壇　小池光選

小さなる器のなかに艶のよき徳島産のすだちが二つ

河北歌壇　花山多佳子選

信号で止まりていれば点滅にふいにかわれり
夜半深まりぬ

河北歌壇　佐藤通雅選

二〇一三年（平成二十五年）

どんよりと雲のひろがる寒き朝ひとつの鳩が
庭におりたり

河北歌壇　花山多佳子選

挑むかのごとく間近に迫りくるヘッドライトに照らされる雪

河北歌壇　花山多佳子選

ブロックの塀は冬日をうけておりひとつの猫はそのうえに居る

朝日歌壇　永田和宏選

わが家と隣りのさかいで立ちどまりまた振りむいたまっくろな猫

河北歌壇　花山多佳子選

この辺り知りたるようにに入れてゆくチラシもちたる自転車のひと

河北歌壇　佐藤通雅選

芽吹きたるメタセコイヤのならびたる光のなかのはつ夏のみち

河北歌壇　花山多佳子選

窓をあけ流るるかぜをうけおればそっと赤べこのくびはうごけり

読売歌壇　小池光選

おもいきりじぶんを発揮するごとく夏の太陽照りつけており

河北歌壇　佐藤通雅選

朝はやくおきればそとはうす暗くどんより曇る無言がありたり

河北歌壇　佐藤通雅選

瞬間はとまるがごとき重力をうけて降りたる
大きな雨粒

河北歌壇　佐藤通雅選

じゃがいもがじゃがいもらしくぎっしりと段
ボール箱におさまりており

読売歌壇　小池光選

蝶一つ開けたる窓より入りてきてうまいぐあいにいでてゆきたり

河北歌壇　花山多佳子選

せつなさをかためたようなかたちして道をよこぎるひとつの亀は

読売歌壇　小池光選

海底につづくトンネル見ておればゴーッと轟き特急あらわる

河北歌壇　佐藤通雅選

黄に染まる街路樹の道ゆきたれば旅に出ているこころとなれり

河北歌壇　佐藤通雅選

二〇一四年（平成二十六年）

日だまりの落ち葉の上にふんわりとひとつの
猫はおさまりており

河北歌壇　佐藤通雅選・花山多佳子選

日の暮れになりたる中を過ぎてゆく大型トラックの雨はじく音

河北歌壇　佐藤通雅選

雪残る斜面に春の日はさしてやわらかに木々の影は伸びおり

河北歌壇　花山多佳子選

目の前で何だか怒っているようなすっかり冷めたコーヒーがある

河北歌壇　佐藤通雅選

雨のふる音の聞こえる夜半となりこころは素直にわれを見ており

河北歌壇　佐藤通雅選

いっせいにみんなが喋りだすように並木の緑かがやきており

読売歌壇　小池光選

もたついて渡すバトンが手につかずその一瞬で順位がかわる

河北歌壇　佐藤通雅選

笑いつつなかなか足がぬけないと声をあげてる田植えの子ども

河北歌壇　花山多佳子選

視線など気にすることもないような秋日のなかの独りのゴリラ

朝日歌壇　永田和宏選

二〇一五年（平成二十七年）

溜まりたる落ち葉寄せればだんご虫に冬の日ざしがときどき光りぬ

河北歌壇　花山多佳子選

子どもらはすでに離れてわが家のふたつの机
われが使えり

河北歌壇　花山多佳子選

北側の窓のむこうにうっすらとリボンのよう
な虹がありたり

河北歌壇　花山多佳子選

お忘れ物とくに右手の手袋は気をつけてと言ふバス運転手

河北歌壇　佐藤通雅選

おどかしてくれるじゃないかというような巨きな黄いろの月が出ている

読売歌壇　小池光選

おどかすがごとく吹き来る風ありてだからなんだと言いたいきもち

河北歌壇　花山多佳子選

わが顔をじっと見たのち向きをかえ過ぎてゆきたるまっくろな猫

読売歌壇　小池光選

香典をいそいで袱紗にいれている車内の座席の黒服のひと

河北歌壇　佐藤通雅選

ゆっくりと進みゆきたる耕運機たんぽはなんだかあくびをしてる

河北歌壇　佐藤通雅選

見つけたと言いて子どもがいきいきとかんさつカードに蛙をかきぬ

河北歌壇　佐藤通雅選

大空はあっけらかんと広がっていいじゃないかと言ってくれそう

朝日歌壇　馬場あき子選

カーテンを閉めようとするそのときに何だい
たのかと月に言いたり

河北歌壇　佐藤通雅選

わが手より離れゆきたる一枚の民芸の皿割れ
てしまえり

読売歌壇　小池光選

雨の降る音のきこえる夜半となり独りのじぶんを見ているこころ

河北歌壇　佐藤通雅選

競馬うまの輸送車わきに高速のバスはとまりて休憩となる

河北歌壇　花山多佳子選

ひぐらしの鳴きたる声をきくような薄くれないの合歓の木のはな

河北歌壇　花山多佳子選

もうなにも通ってくること無いような真夏の太陽に照らされる道

河北歌壇　花山多佳子選

おさらばと言ふこともなくあっさりと夏は去りゆき九月となりぬ

河北歌壇　佐藤通雅選

ふるさとの小さな庭をおもふとき秋日のなかの光る渋柿

河北歌壇　花山多佳子選

財布より一枚とりて足しにしなと新幹線にのる子にわたす

読売歌壇　小池光選

まっすぐにともかく行くしかないんだと風に向かいて自転車をこぐ

河北歌壇　佐藤通雅選

何となくつめたい空気を感じれば落ち着く夕べわれをつつみぬ

河北歌壇　花山多佳子選

満月のみえる窓べをかたづけてパックにはいる団子を供える

河北歌壇　花山多佳子選

ぼんやりとしているときに寄りくる子は何してるのとわれに聞きおり

河北歌壇　花山多佳子選

こんにちはと声だすような猫がいてわれと目があう秋晴れの日に

読売歌壇　小池光選

どんよりと曇りの空のつまらない感じがわれに沁み入りてくる

河北歌壇　佐藤通雅選

暗くなる午後の五時すぎ一列の蛍光灯の映りたる窓

河北歌壇　花山多佳子選

二〇一六年（平成二十八年）

どっちみち仕方ないよというようなリズムを
つけて雨は降りたり

河北歌壇　佐藤通雅選

西日うけ百葉箱のそのかげはふゆの地面になかくのびおり

河北歌壇　花山多佳子・佐藤通雅選

おちついて話を聞いてくれそうな明るきいろのみかんを剥きぬ

河北歌壇　佐藤通雅選・花山多佳子選

冷え込みし朝のまちかどひっそりとひとつの
猫があらわれにけり

読売歌壇　小池光選

そんなにもあせることなど無いんだと雲のひ
ろがる一月の空

河北歌壇　花山多佳子選・佐藤通雅選

ああ雪かといふぐらいにしか思えないかんじ
でゆっくり落ちてきている

河北歌壇　佐藤通雅選・花山多佳子選

雪のこる庭にさしたる陽はひかり山鳩ひとつ
降りてきており

朝日歌壇　馬場あき子選

つやのよきみかんのへたについている緑のひ
かるちいさな葉っぱ

読売歌壇　小池光選

夜おそくファンヒーターを止めおれば時が
ゆっくりながれはじめぬ

河北歌壇　佐藤通雅選

吹く風に雪もまじりてながれゆく暮れてゆきたる震災の日は

河北歌壇　花山多佳子選

教室の休み時間の日だまりに子どもがふたりあやとりしてる

河北歌壇　花山多佳子選

退職の辞令をもらふ日のあさにすっきりとした白き月あり

河北歌壇　花山多佳子選

だめだなとじぶんにむかひておもふときかすかにひびく雨のふる音

河北歌壇　佐藤通雅選

日の暮れとなりたる庭にうつむきて一つの猫が過ぎてゆきたり

読売歌壇　小池光選

風はやみ陽のさしてきたわが庭に山鳩ひとつ降りてきており

河北歌壇　花山多佳子選

すっきりと朝の日差しが広がりてどうだって
感じの若葉の並木

河北歌壇　佐藤通雅選

ぼんやりとしてるぐらいがいいのかな麦の穂
ゆらし風とおりゆく

河北歌壇　花山多佳子選

ゆるやかに流るるような時ありて夏の日射しに光る川面は

河北歌壇　佐藤通雅選

何もかもきっと分かってくれそうな日の暮れがたの合歓の木のはな

河北歌壇　花山多佳子選・佐藤通雅選

草を取りすっきりとしたわが庭をはじめに過ぎる一つの猫は

読売歌壇　小池光選

気づいてとそんな言葉をいいそうなひんやりとした風をうけおり

河北歌壇　佐藤通雅選

ほんとうのことを見ている感じして雲の隙間
に光りたる空

河北歌壇　佐藤通雅選

一眼のカメラ構えるひとのいて蓮の花ひとつ
その先に立つ

河北歌壇　佐藤通雅選

少しずつ秋の空気は冷ゆるかな光る樟《くす》の木みては思えり

読売歌壇　小池光選

夕やけの向こうにきっといそうだな洟《はな》をたらした独りの子ども

河北歌壇　佐藤通雅選・花山多佳子選

秋の陽の明るくさしたる教室の床に窓わくの
影は映れり

河北歌壇　花山多佳子選

秋陽さす休み時間の教室に本読む子どもがふ
ふふっと笑ふ

河北歌壇　佐藤通雅選

夜の風つよく吹きたる音ありてわれは入りゆく独りの時間

河北歌壇　花山多佳子選

二〇一七年（平成二十九年）

虹だなとおもひて空を見てる間に考えるよう
に消えてゆきたり

河北歌壇　花山多佳子選

強くふく風に飛ばされ庭の辺にとどまりているブリキのバケツ

河北歌壇　佐藤通雅選

えんぴつをくるりと回す子どももいてそれとなく聞くわれのはなしを

朝日歌壇　永田和宏選

つかまへたと言ひて子どもがそつと手をひらきてみせる雪虫ひとつ

読売歌壇　小池光選

ふるさとを思へばお風呂の焚口のまへにわれがゐてほのほみてをり

河北歌壇　花山多佳子選

樫の木のてっぺんいつも見てをりぬ二階みなみの窓のそばから

河北歌壇　花山多佳子選

午後の雪は降ってる感じに見えなくて疲れたやうに落ちてくるなり

河北歌壇　花山多佳子選

ぽんかんの一つのたねの発芽を待ちきさらぎの日が過ぎゆきにけり

読売歌壇　小池光選

子どもたちのちいさきころを思ふとき庭に咲いてたチューリップの花

読売歌壇　小池光選

この空はボッティチェリの感じかな春やはらかに雲は浮かびぬ

読売歌壇　小池光選

あたらしき勤めのところに朝すこし早めにわれは出でてゆきたり

河北歌壇　花山多佳子選

ほほえみをもちてそこにいるような残りていたる一つのみかん

河北歌壇　佐藤通雅選

春の陽のひかりの中の百葉箱やわらかそうなみどりの上に

河北歌壇　花山多佳子選

やはらかな小さなかたちのかまきりが春の陽《ひ》のなかあらはれにけり

読売歌壇　小池光選

はい色の空をぼんやりみているとそっとこころは消えてゆくよう

河北歌壇　花山多佳子選

あたためた牛乳をのむ朝ありてふと思ひたり
子どものころを

読売歌壇　小池光選

六月の小雨をうけて考えをふかめるような糸
瓜のふたば

読売歌壇　小池光選

高層のビルのあいだに何となくここに来たよというようような月

河北歌壇　花山多佳子選

旅をしてどこか遠くにゐるうやうな靄立ちこめる通勤のみち

河北歌壇　花山多佳子選

こんばんはと妻はちかより声かけぬ網戸につかまる一つの蝉に

読売歌壇　小池光選

長崎の古き和菓子の店にある時計のふりこはゆっくりうごく

読売歌壇　小池光選

この夏のちいさき庭にそだちたる点《とも》るがごとき三つのとまと

読売歌壇　小池光選

庭隅に土をかけたる一束の葱はきりさめにひかりてをりぬ

河北歌壇　花山多佳子選

マスクする給食係りの七人の子どもが秋の廊下をすすむ

読売歌壇　小池光選

わが庭に秋の小雨は降りをりてぼんやりさがる三つの糸瓜

河北歌壇　花山多佳子選

わが母のつくりてくれし綿入れの袢纏《はんてん》ひとつを秋日に干しぬ

読売歌壇　小池光選

テーブルのうえにおかれてゆっくりと進みゆきたりみかんの時間

河北歌壇　佐藤通雅選

腕時計するのを今はなしにしてじぶんと話し
ジョギングをする

河北歌壇　佐藤通雅選

万歳をするかのように大空にはっきりとした
虹があらわる

読売歌壇　小池光選

わが庭の葉ぼたん五つにうっすらと冬のはじめの霜がかかりぬ

読売歌壇　小池光選

こっちなど見なくていいと思ふのに向きたる犬は吠えはじめたり

河北歌壇　花山多佳子選

二〇一八年（平成三十年）

校庭に入り日はさしてわれが立つその影は伸ぶ冬の地面に

河北歌壇　花山多佳子選

やわらかに出ているつのを動かしぬなめくじ
一つ冬陽のなかに

河北歌壇　花山多佳子選

ゆるやかに時間をのせているやうな百葉箱に
雪は降り積む

読売歌壇　小池光選

図書室の窓枠の影はうっすらと一時間目の床に映りぬ

河北歌壇　花山多佳子選

九つのチューリップの芽が赤みおび雪解けし庭にあらはれにけり

読売歌壇　小池光選

ただ一つのコントラバスの伴奏でパスカル・ヴェロは「枯葉」を歌ふ

読売歌壇　小池光選

新学期四月あかるき教室に一年生はきちんと座る

読売歌壇　小池光選

子どもたちが雲の観察するときに快晴の空に
なりてしまへり

河北歌壇　花山多佳子選

遠き日のひかりのやうに菜の花が流るる風を
うけて揺れをり

河北歌壇　佐藤通雅選

雨の降る音をききたる暮方のじぶんに文句を
言いたいきもち

河北歌壇　花山多佳子選

もう少しで終はりになると感じつつ引いてゐ
るなりセロハンテープ

読売歌壇　小池光選

稲の種子は十粒かたまり発芽してみどりの針のやうなるひかり

河北歌壇　佐藤通雅選・花山多佳子選

雨あがりの横断歩道をスキップで子どもが三人渡りてゆきぬ

読売歌壇　小池光選

何だって話を聞いてくれそうな日の暮れどき
の合歓の木のはな

河北歌壇　佐藤通雅選

はっきりとしてるかたちは疲れるとぼんやり
月が言っているよう

河北歌壇　佐藤通雅選

透明な水は小さな球形をたもちて稲の葉先につきぬ

河北歌壇　佐藤通雅選

お祭りの提灯ともるそのそばをシャボン玉ふたつ過ぎゆきにけり

河北歌壇　花山多佳子選

すいれんの花のつぼみがまた一つ水のおもてに立ち上がりたり

河北歌壇　花山多佳子選

分かったと言いたいたいくらいにはっきりとミンミンゼミが朝から鳴きぬ

河北歌壇　花山多佳子選

霧雨に濡れるかぼちゃの葉のそばに黄の蝶一つあらはれにけり

河北歌壇　花山多佳子選

十五夜を知りたるやうなすがたしてすすきは瓶に挿されてをりぬ

河北歌壇　花山多佳子選・佐藤通雅選

一本の電信柱はななめになり電信柱を支えてをりぬ

河北歌壇　佐藤通雅選

あっさりとこの年の秋は去りそうだ焼きいもを食ひふと思ひたり

河北歌壇　花山多佳子選

じゃーなーと中学校の帰り道わかれたままに
時過ぎにけり

河北歌壇　花山多佳子選

二〇一九年（平成三十一年　令和元年）

すつきりと落ち葉を掃きしわが庭は今朝から
雪が積もりはじむる

河北歌壇　花山多佳子選

キャラメルの一つをとりてゆつくりとつつみをひらき日なたで食ひぬ

河北歌壇　花山多佳子選

澄む空につつしみをもちゆつくりと巨きな月がのぼりはじむる

読売歌壇　小池光選

北風の窓打つ音を聴くやうな立春の夜のひとつのかぼちゃ

読売歌壇　小池光選

あの日から八年経ちておだやかな雨ふる朝をむかへてをりぬ

河北歌壇　花山多佳子選

泣こうとし少し息とめおさなごは開けた口から声を出したり

河北歌壇　佐藤通雅選

しづかさを確かなものにするやうな時計のふりこが振れうごく音

読売歌壇　小池光選

夜半にきくかみなりの音かすかにも遠き日のわれ引き寄せにけり

河北歌壇　花山多佳子選

庭隅を守るがごとくこの夏も五つの鬼百合あらはれにけり

読売歌壇　小池光選

縄文の遺跡を訪ひて空みればヘリコプターが
過ぎゆきにけり

河北歌壇　花山多佳子選

わが後に続きランナーはゴールして抜けな
かったとわれに言ひたり

河北歌壇　佐藤通雅選

病院の出される食事をみな食べる母みてわれはうれしかりけり

河北歌壇　花山多佳子選

机よりころがり落ちたるえんぴつが椅子の真下でわれを待ちをり

河北歌壇　花山多佳子選

水槽におたまじやくしが一つゐてやうやく九月にあし出ではじむ

河北歌壇　花山多佳子選

またなあと中学校の帰り道そのままわかれて五十年が過ぐ

河北歌壇　佐藤通雅選

二〇二〇年（令和二年）

日は暮れてわれが引きたるカーテンにふれて
うごける赤べこのくび

読売歌壇　小池光選

枯れし葉をおもひでのやうに枝につけ冬日の
中にたちたるポプラ

河北歌壇　花山多佳子選

田子の地で採りし一つのオタマジャクシ水槽
のなかで新年迎える

河北歌壇　花山多佳子選

缶ビールひとつを飲みつつ見てをりぬ寅さんシリーズ十七作目

河北歌壇　花山多佳子選

われの知る小さな自転車店は消えそのまへ過ぎるときの寂しさ

河北歌壇　花山多佳子選

授業なき教室にくる子どもゐて三月もはやなかばになりぬ

河北歌壇　花山多佳子選・佐藤通雅選

教室にゐるだけなのにいつも手を洗ふのはなぜときさたる子ども

河北歌壇　花山多佳子選

はだ寒き理科準備室のすみにある人体模型骨格標本

河北歌壇　佐藤通雅選

あたらしき学年となる教室にマスクの子どもが座る六月

河北歌壇　花山多佳子選

わが庭の若葉に揺るるソロの木にとまりて鳴けり山鳩一つ

読売歌壇　小池光選

理科室に休み時間にくる子ゐて水槽に飼ふメダカ見てをり

河北歌壇　佐藤通雅選・花山多佳子選

桃六つ箱に入りて結婚したる子どもからわれに送られて来ぬ

読売歌壇　小池光選

まだ慣れぬスマホいじりて休日の時間がしずかに消えゆきにけり

河北歌壇　花山多佳子選

浄瑠璃寺の受付にたちし少年を立秋すぎてふとおもひをり

読売歌壇　小池光選

夏の日をさえぎるゴーヤのカーテンに食べごろの実がふたつ下がりぬ

河北歌壇　花山多佳子選

秋の風ながるるなかのプラタナス旅するやうなきもちとなれり

河北歌壇　花山多佳子選

やはらかき声はとほりてひとの名を呼びてゐるなり看護師さんは

読売歌壇　小池光選

ヘリコプター冬日のまへを過ぎるときその影
は地をすばやくはしる

河北歌壇　花山多佳子選

二〇二一年（令和三年）

ランドセル背負つたふたりが過ぎるとき庭先のわれあいさつもらふ

読売歌壇　小池光選

何となく気配を感じ振り向けば車のなかの犬が見てをり

河北歌壇　佐藤通雅選

半分のじぶんのような感じのままマスクをつけて一年過ぎる

河北歌壇　佐藤通雅選

にぎる手をゆるめ日ざしを受けてゐるやうな
明るきまんさくの花

河北歌壇　佐藤通雅選

近寄りて今日はケーキが出るんだと登校の子
がわれに語りぬ

河北歌壇　花山多佳子選

七ひきのめだかの泳ぐ睡蓮の鉢の水面にうつる夏雲

河北歌壇　花山多佳子選

かなかなと鳴く声一つ明け方の七月十四日の朝のしづかさ

読売歌壇　小池光選

三階の校舎廊下にゆるやかに風受けゆるる七夕飾り

河北歌壇　花山多佳子選

吾《われ》亦紅《もこう》の花すこしずつ色づきて近づく秋の空の明るさ

河北歌壇　花山多佳子選

軒下に仰向けの蟬ひとつゐてあらどうしたのと近づく妻は

読売歌壇　小池光選

いつぽんのポプラは宵の木星と過ぎゆく夏を語りはじむる

河北歌壇　花山多佳子選

オオカマキリみつけたといふ声ききて周りの子どもら走りちかづく

読売歌壇　小池光選

誕生日のお祝ひと言ひてわが妻は栗羊羹をひとつくれたり

読売歌壇　小池光選

黄のいろになり散りはじむポプラの葉そのいちまいがわれにふれをり

河北歌壇　佐藤通雅選

二〇二二年（令和四年）

坂道を下る途中にみえはじむ今日のポプラは
冬雲の中

河北歌壇　花山多佳子選・佐藤通雅選

やはらかに冬日はさして庭草のつやよく光る
青いろのたま

河北歌壇　花山多佳子選

きさらぎの小雪のあしたわれはみる揚羽のさ
なぎ軒下かげに

河北歌壇　佐藤通雅選

二月末のリモートによる面会でひな人形を母に見せたり

河北歌壇　花山多佳子選・佐藤通雅選

ポンカンの種の発芽を待ちながら日は過ぎゆきて三月まぢか

読売歌壇　小池光選

このあひだ六年生は卒業し教室まへはしづかな廊下

読売歌壇　小池光選

そばに寄りはなしをきいてもらつてるポプラのまへの五月のわたし

河北歌壇　佐藤通雅選

坂くだりゆきときとまりわれは見る晴れたる
空のみどりのポプラ

河北歌壇　花山多佳子選

またわれは日の暮れどきに見てをりぬ薄くれ
なゐの合歓の木のはな

読売歌壇　小池光選

つかれたるこころのままに見てゐます紅いろあわきねむの木の花

河北歌壇　花山多佳子選

濁る水ふえて流るる北上を新幹線はすぐ越えてゆく

河北歌壇　花山多佳子選

夏の日の歩道に一つのみみずゐてかすかなれども進みてゆきぬ

読売歌壇　小池光選

蝉ひとつあみ戸にとまりうごかざり過ぎゆく夏の日のかげるとき

河北歌壇　佐藤通雅選

西側の窓のあみ戸にとまりたるちかづく秋の
ひとつの蟬は

読売歌壇　小池光選

二〇二三年（令和五年）

一まいの枯れ葉残れるいち月のポプラをあふぎ見てゐるわれは

河北歌壇　本田一弘選

春の日のあたるなだりのおおいぬのふぐりの
花はいま天の川

河北歌壇　本田一弘選

いち枚の枯れ葉をつけていっせいに芽ぐむや
よひのおほきなポプラ

河北歌壇　花山多佳子選

くれなゐにフロントガラスをそめるやうなまつかな巨きな夕日にであふ

河北歌壇　本田一弘選

チューリップの花咲く庭をゆつくりと過ぎゆく昼の黒猫ひとつ

河北歌壇　本田一弘選

はじめての教室にゐる一年生きちんとしづかにすわりてをりぬ

河北歌壇　本田一弘選

くれなゐのおほきな夕日があらはれてこれじやだめだとじぶんをおもふ

読売歌壇　小池光選

青葉光るおほきなポプラにちかづきていつしよに風に吹かるるわれは

河北歌壇　花山多佳子選・本田一弘選

たちやなぎの綿毛ひとつがすぐそばにちかづきてくるをみてゐるわれは

河北歌壇　花山多佳子選

河北歌壇　三百十二首
朝日宮城版歌壇　十四首
朝日歌壇　三十一首
読売歌壇　六十六首

合計　四百二十三首

巻末に添えて　著者三角清造くんとの四十余年

横須賀 薫（宮城教育大学・十文字学園女子大学 名誉教授）

宮教大で出会ってから、四十年余が過ぎた。ずっと「ミスミ」と呼び、時には少々丁寧に「ミスミくん」と呼んで親しくし、助けたり助けられたりして来た。以下、ここでも三角くんと呼ばせてもらおう。

このところ、かつてのゼミ生で教職についた後も研究会や私的懇親などを共にしてきた、同学年だった二人が教育実践記録[※1]を書き、出版するのに立ち会ったことから、三角くんにも同様の実践記録の刊行を慫慂したところ、「ぼくは歌集にしたいです」と言うではないか。（それなら歌集専門の出版社があるなあと思ったが）春風社から出したいのでお願いします、とも言う。これまで長い付き合いのある春風社だが歌集の実績はあったかなあと危ぶんだが、先般、社長の三浦衛さん自身の句集[※2]を頂戴していたことを思い出し、句集を出すなら歌集も大丈夫だろうと問い合わせてみたら二つ返事で引き受けてくれた。

三角くんが短歌をつくり、新聞の歌壇に投稿し、しきりに採用されていることは河北新報紙上で知っていたから、一書にするのに十分な実績はあるだろうとは思ったが、こうして改めて原稿になったのを見て四〇〇首を超えているのを知り、いささか驚いたのだった。さらに河北にとどまらず、朝日や読売の歌壇にもそれなりの数が採用されているのも、よかったと思うことだった。

三角くんが短歌創作に当たって特定の結社に所属したりしていないこと、したがって特定の指導者に付いていないことも知っていた。しかし、新聞の投稿短歌欄がそれに代わる役割を担っていることはそんなに認識していたことではなかった。以前読んだ本を再読して以下の解説を見つけて得心した。

「次にこれらの短歌の総合誌以外にも、さまざまな新聞、雑誌において短歌欄をもうけているものはかなり多い。たとえば朝日、毎日、読売などの全国紙では三～四人の選者による歌壇がもうけられており、毎週数千人の歌がよせられてくるという。これらの投稿者のなかには結社に属さず何年も投歌している者も多く、また昭和天皇の死去（一九八九年）、天安門事件（一九八九年）、阪神・淡路大震災（一九九五年）など、それぞれの時事的問題にす早く反応する機会詩としての歌が多いのも特徴といえよう。※3」

三角くんの短歌創作はまさにこれに該当する。

「機会詩」という呼び名はこれで知ったことだが、朝日歌壇に採られている歌には実にこれが多い。河北にもその傾向はみられはするが朝日ほどではない。

手近にあった八月二〇日付の朝日新聞の歌壇には、時機が原爆忌や終戦記念日に当たるのでまさに機会詩が並んでいる。「『はだしのゲン』のまっ赤なTシャツ着て過ごす…」とか「…ショリスイという無色の恐怖」あるいは「…捕虜の日語る父の終戦」などが並んでいる。一方、河北歌壇は「…六月の郷に夛の秋来ぬ」や「自慢げに自動巻きだと腕を振る友は…」など季節の変化や日常の人間関係が主題になっているものが多い。

機会詩とまではいかないまでも、歌を詠む動機が物事の面白さ、珍しさの発見にある場合はしばしばみられるところで、季節の変化の発見もこれに入るだろう。一方その対極に、自分自身、つまり「我」や「私」の気持ちとか感覚の変化などに気付き、そのおかしさとか悲しさとかを訴えたくて詠まれる歌も多い。

三角くんの歌は断然後者の側である。そこが評価されるか、それほどとは認められないか、選者に任されることになる。三角くんが朝日と河北に投じる歌の数の差は知らないが、採用されている数が後者に断然多いのはそのせいではないかと推測できる。

この本の表題に採用された歌もまさに「立秋」が過ぎたことに動く自身の心が主題になっている。

詠まれた歌がそうだからというのではなく、学生時代から知る三角清造は、気候の移り行きとかそれが身近な植物の変化にどう表れるかに心を注ぐ人間だった。あるいはそうでありたいために常に自分が外部の力で縛られることに神経質になっていたように思う。変に気取るようなタイプではなかったが、孤独をあえて求めるようなところは天性だった。この歌集に載る歌の中にカヌー漕ぎの最中の描写がいくつも見られるが、三角くんにとってカヌーは運動とか冒険というより、孤独への装置なのに違いない。大学に入学してすぐに自転車で全国旅行したのもそうだったのだろう。

さらに言えば小学校教員養成課程に所属し、三年次になれば宮教大では「ピーク」と呼ばれる、専門の所属教科を選択することになっているが、三角くんは〝ピークレスピーク〟という所属（？）だったのも、そういう心性から来ていたことに違いない。

〝ピークレスピーク〟などという思想性の発現なのかただの諧謔なのかわからない、いやその両方を含んでいるかもしれない所属単位の発明者は、何を隠そう若き日の横須賀薫なのである。自由とわがままの区別がつかないような人物はどこにでもいるが、そのころの宮教大では学生にも教員にもいて、主人公顔をしていたのは事実であり、大学改革などの大事業とは無縁な新設、弱小大学の特色の表現だった。

三角くんがピークレスピークに所属（？）し、立派に卒業して学校現場に入って行き、横須賀薫が主宰する現職教員の勉強会に居続けたのもその延長だったに違いない。

三角くんは初任教師として仙台市内の小学校に着任して以降、ずっと仙台市内の学校に勤務した。そして一六九頁の歌の中にもあるように一旦退職し、再雇用で現在も理科担当教員を続けている。もう二、三年はこの仕事を続けるつもりだと聞く。学級を担任できない規則があってのことではなく、それが身に合っているからに違いない。

そうは言っても、教育や学校の仕事に不熱心なのではない。まったくその逆であることは、歌の中に職場のこと、教室のこと、子どものことがたくさん詠まれ、特に子どもに温かい目が注がれていることで理解されるだろう。

そして子どもでも、どちらかと言えばはきはきしている子、よくできる子よりもぼんやりしている子、内面的な子に三角くんは注目しているようにみえるのは、子どもの中に自分を見ているからに違いない。

例えば九六頁の「ずるいよと後ろより声が聞こえて階段かけておりゆく子ども」は、いつものろまかのんびりしていて仲間から外れがちになる子なのだろう。一七五頁の「涙をたらした独りの子ども」はまさに三角くんの自画像に違いない。同様にその次頁の「秋陽さす休み時間の教室」で本を読みながら「ふふふっと笑ふ」子も自身の小学生時代の肖像なのだろう。

教師三角清造がどんな教育を、どんな授業をしていたのか、幸い三角くんはたくさんの授業実践記録を執筆し、雑誌等に発表してきたのだった。それらをぜひ教育実践記録集として公刊することを勧めているところである。その実現の日が近いことを祈っている。

注

※1 荻田泰則『わたしの教育実践記録』一莖書房 二〇二二年
橋本惠司『東日本大震災と子どものミライ』春風社 二〇二三年

※2　三浦衛『句集暾』春風社二〇二三年
※3　大野道夫『短歌の社会学』はる書房一九九九年　一一〇頁

おわりに

二〇二三年（令和五年）の元旦、歌を新聞歌壇に必ず毎週投稿しよう、ということをこの年の目標の一つとして入れた。

今までの年もそう思って過ごして来たのだけれど、必ずしも達成できてはいなかった。週末に投稿するようにしているのだが、それができなかった週は、次の週に前週の分も含めて投稿しようと気持ちだけは持つものの、たいていはできずにいた。そんな年が最近多かったので、今年はそうならないようにと思った。それで年の初めから、毎週ともかく投稿だけは続けている。

四月に入り、河北歌壇に載ることが多くなり、知人から入選おめでとうのメールや葉書が来ることがあった。その中で歌集は作らないのかというものがあった。

いつかはこれまでの入選歌をまとめたい、と思うことはあったけれど、知人からのことばをきっかけに考え直し、この時機を逃したらきっと歌集を作ることはないだろうと思い作ることにした。

初めは、パソコンに入選歌は入っていて、掲載紙もすべてとってあるので、歌を整理するのは簡単にできると思っていた。しかし、入選歌の資料を探してみると、掲載紙をとっていないものが多かった。そこで、宮城県図書館や仙台市図書館に行って掲載紙のデータベースを閲覧し、該当するすべてのページをコピーするところから歌集作りが始まった。

こうして、二十三年間の歌をまとめると、その年ごとに何を思ってものを見ていたのかがそれとなく分かる。分かった上で、では今はどうするのかと次に進む方向を教えてもらえる気がしてくる。

本歌集製作にあたり、多くの方にお世話になった。

出版社の方たちと電話やメールでやり取りしているときに、いくつかの歌について評をもらうことがあった。その評を聞いたり読んだりしたとき、そんなふうに好意的に受け取ってくれたのかと思い、歌が、自分から離れてひとり歩きしていると思うこともあった。また、本作りというものを、元になる原稿があればすぐにできるものと思っていたが、実際はそれぞれの立場の方たちが思いを持って原稿に向き合い、一期一会の本作りに取り組む姿を知った。

出版社の紹介から解説文まで添えていただいた横須賀薫先生、細かいところまで配慮し『投歌選集　立秋すぎて』を仕上げてくださった、春風社の三浦衛氏、同編集部の永瀬千尋氏、そして装丁を手掛けてくださった中本那由子氏に、深く感謝しお礼を申し述べます。

また、二〇一一年（平成二十三年）の歌「ストーブのうえのやかんは湯気をだしそこだけほっとしている感じ」（佐藤通雅選・花山多佳子選）は、『震災のうた　1800日の心もよう』（河北新報社刊、二〇一六年（平成二十八年）八月七日発行）に掲載され、その後、河北新報二〇一九年（平成三十一年）三月十七日付の3面のコラム「うたの泉」で歌人駒田晶子氏から紹介していただいた。あらためてお礼を申し述べます。

そして、新聞歌壇に載った歌を読んでいつも温かいことばを伝えてくださった知人に心から感謝しています。

最後に、新聞歌壇への投稿を長年見守ってくれた家族にも、深謝したい。

二〇二三年（令和五年）　九月二十八日

三角清造（みすみ　せいぞう）
一九五五年（昭和三十年）、さいたま市生まれ。
宮城教育大学卒業。
仙台市在住。

投歌選集《とうかせんしゅう》 立秋《りっしゅう》すぎて

二〇二三年一二月一三日 初版発行

著者 三角清造
みすみせいぞう

発行者 三浦衛
発行所 春風社 Shumpusha Publishing Co.,Ltd.
横浜市西区紅葉ヶ丘五三 横浜市教育会館三階
〈電話〉〇四五・二六一・三一六八 〈FAX〉〇四五・二六一・三一六九
〈振替〉〇〇二〇〇・一・三七五二四
http://www.shumpu.com ⊠ info@shumpu.com

装丁 中本那由子
印刷・製本 シナノ書籍印刷株式会社
乱丁・落丁本は送料小社負担でお取り替えいたします。

ISBN 978-4-86110-915-7 C0092 ¥2200E